# A Montanha das Dezoito Virtudes

© 2009 do texto por Paulo Raful e Lauro Raful
© 2009 das ilustrações por Madalena D'Agostinho
Todos os direitos reservados.
Callis Editora Ltda.
2ª edição, 2018
1ª reimpressão, 2022

Direção editorial: Miriam Gabbai
Editora assistente: Áine Menassi
Consultoria pedagógica: Simone Kubric Lederman
Revisão: Patrícia Vilar, Maria Teresa Ribeiro Fortes e Nilza Manzieri
Projeto gráfico e diagramação: Camila Mesquita

CIP-BRASIL. CATALOGAÇÃO-NA-FONTE
SINDICATO NACIONAL DOS EDITORES DE LIVROS, RJ

R124m

Raful, Paulo
    A montanha das dezoito virtudes / Paulo Raful, Lauro Raful ; ilustrações de Madalena D'Agostinho.
- [2.ed.]. - São Paulo : Callis, 2018.
    88 p. : il. ; 27 cm.

    ISBN 978-85-454-0078-3

    1. Poesia infantojuvenil brasileira. I. Raful, Laulo. II. D'Agostinho, Madalena. III. Titulo.

| 17-4778 | CDD: 028.5 |
| | CDU: 087.5 |

Meire Gleice Rodrigues de Souza – Bibliotecária CRB-7/6439
15/02/2018    15/02/2018

ISBN 978-85-454-0078-3

Impresso no Brasil

2022
Callis Editora Ltda.
Rua Oscar Freire, 379, 6º andar • 01426-001 • São Paulo • SP
Tel.: (11) 3068-5600 • Fax: (11) 3088-3133
www.callis.com.br • vendas@callis.com.br

O reino dos animais magicamente abriu o caminho aos Mestres-animais de *A Montanha das dezoito virtudes*, para que eles trouxessem a público a sua sabedoria, sensibilidade e virtude.

O Rei e o Mestre Oriel agradecem à Agropecuária Claridae e à Agropecuária Santa Isabel o apoio à publicação deste conto maravilhoso.

Paulo Raful & Lauro Raful

# A Montanha das Dezoito Virtudes

Ilustrações de
Madalena D'Agostinho

**callis**

# Sumário

*O Rei e o Mestre* — 9

*Mestre Jaguar* ✹ Virtude da Serenidade — 13

*Mestre Pantera* ✹ Virtude da Paciência — 17

*Mestre Leão* ✹ Virtude da Força — 21

*Mestre Esfinge Grega* ✹ Virtude da Modéstia — 25

*Mestre Lobo* ✹ Virtude da Humildade — 31

*Mestre Lince* ✹ Virtude da Perseverança — 35

*Mestre Touro* ✹ Virtude do Amor ao Trabalho — 39

*Mestre Pégaso* ✹ Virtude da Sede de Conhecimento — 43

*Mestre Macaco* ✹ Virtude da Generosidade — 47

*Mestres Corvos* ✹ Virtude da Conciliação — 51

*Mestre Centauro* ✹ Virtude da Amabilidade — 55

*Mestre Grifo* ✹ Virtude do Amor à Vizinhança — 59

*Mestre Urso* ✹ Virtude da Saúde Equilibrada — 63

*Mestre Pavão* ✹ Virtude da Concentração de Espírito — 67

*Mestre Unicórnio* ✹ Virtude da Sobriedade ao Falar — 71

*Mestre Cisne* ✹ Virtude da Ação Justa — 75

*Mestre Galo* ✹ Virtude da Vigilância — 79

*Mestre Águia* ✹ Virtude da Caridade — 83

Epílogo — 87

# O Rei e o Mestre

ra uma vez um Rei muito justo e bondoso, que não poupava esforços para promover o progresso dos seus súditos, no intuito de fazer com que todos vivessem da melhor maneira possível.

Que belo sonho tinha o Rei! Em sua sabedoria e sensibilidade, almejava que a humanidade, em vez de viver envolta em conflitos e guerras, em medos e incertezas, pudesse galgar aos poucos a Escada de Jacó, rumo à evolução do Ser. Queria que a raça humana tivesse os pés bem-plantados na Terra e jamais se esquecesse de elevar-se incessantemente em direção a Deus.

Tendo esse objetivo em mente, procurava cercar-se dos mais competentes auxiliares para ajudá-lo a transformar aquele reino num lugar ideal para se viver e levar o seu povo a alturas jamais atingidas ou imaginadas pela humanidade, ou seja, um reino muito próximo da perfeição.

Certo dia, porém, foi assaltado pela questão da transitoriedade da vida neste planeta. Como era muito lúcido, parou calmamente para refletir sobre o assunto e constatou que, apesar dos últimos avanços materiais e espirituais em todo o reino à custa de muito trabalho e sacrifício, não havia ninguém para substituí-lo quando viesse a falecer.

Na verdade, assim que ocorresse essa fatalidade, sem dúvida apareceriam problemas difíceis de serem resolvidos, pois a disputa pelo poder seria intensa. Além disso, não lhe parecia haver entre os seus súditos alguém que fosse totalmente qualificado para assumir o comando do reino.

Como Deus não lhe havia concedido filhos, decidiu escolher seu sucessor pela observação imparcial e objetiva dos homens à sua volta. Foi assim que começou a considerar detidamente cada um dos prováveis candidatos à sucessão.

Mas, com o passar do tempo, ficou desanimado, pois sabia por experiência própria o quanto era exigido de um Rei que quisesse de fato ser nobre e justo. Como escolher o sucessor ideal? Quem entre os seus súditos reuniria as qualidades necessárias para administrar o reino com afinco?

Ficou diante dessas questões até que, num dado momento, lembrou-se de que numa província longínqua vivia entre os homens um grande Mestre chamado Oriel, a Luz de Deus.

Oriel era considerado um grande Mestre espiritual não apenas em seu reino, mas em todo o mundo. Descendente direto de uma linhagem de Sábios e Mestres espirituais da extraordinária Sociedade Iniciática Akhaldan, que teve origem no lendário continente de Atlântida, Mestre Oriel era depositário de um conhecimento que a humanidade havia perdido há tempos.

Assim, o Rei decidiu consultá-lo para resolver a questão que naquele momento era motivo de sua reflexão, a fim de que pudesse ajudá-lo a resolvê-la.

Chegando diante do Mestre, o Rei inclinou-se humildemente e perguntou-lhe:

— Mestre, o senhor que é um verdadeiro Sol neste mundo, poderia preparar alguém para se tornar rei ou rainha com o objetivo de suceder-me no trono e exercer o reinado com maestria?

— Eu não preparo reis nem rainhas, eu preparo e desenvolvo seres humanos — respondeu Oriel, olhando para o Rei com simpatia.

— Mas como? Toda pessoa é um ser humano! — exclamou intrigado o monarca.

E Oriel, sem alterar o tom da voz, respondeu:

— Podemos dizer mais precisamente que todas as pessoas nascem com a possibilidade de se tornarem Seres Humanos, mas elas são como sementes que devem germinar para atingir o estado das árvores plenamente desenvolvidas. Eu só ajudo aqueles que têm o desejo ardente de se transformarem em um ser verdadeiramente humano. Talvez algum ou mesmo alguns desses seres possam vir a ser um rei ou uma rainha, enquanto outros se tornarão apenas, mas não menos importantes, uma grande bênção para a sua família, para os seus amigos e para os outros súditos do reino.

O Rei ficou pensativo por alguns instantes e depois indagou:

— Mestre, o que o senhor faz para transformar essas pessoas em verdadeiros Seres Humanos?

— Existem dezoito virtudes a serem desenvolvidas por todo aquele que desejar atingir o seu pleno potencial. Envie-me os seus candidatos ao trono para que eu possa iniciá-los nessas dezoito virtudes — respondeu sorridente Mestre Oriel.

Muito interessado na possibilidade apontada pelo Mestre, o Rei escolheu sete jovens — quatro rapazes e três moças —, que teriam o privilégio de ter o seu desenvolvimento interior supervisionado pelo grande Mestre, a Luz de Deus, na esperança de que um dia pudessem vir a ser governantes perfeitos.

Os eleitos, após certo período de adaptação, receberam de um ajudante de Oriel a indicação de que a sua iniciação aconteceria na chamada Montanha das Dezoito Virtudes ou Montanha da Sabedoria ou ainda Montanha da Consciência de Si. Era uma montanha mágica, pois só se tornava visível para quem tivesse o olho do saber suficientemente desenvolvido.

Certo dia, o Sol começava apenas a despontar quando os discípulos se reuniram debaixo da copa de uma imensa árvore, na expectativa de conhecer aquele que seria o seu grande Mestre.

Ouviu-se ao longe o soar de sinos que pareciam anunciar magicamente o início de um ritual sagrado. Depois de alguns minutos, surgiu Mestre Oriel vestido de maneira pouco usual. Com um sorriso luminoso e bondoso, dirigiu-se aos jovens, usando formas pouco comuns de expressão:

— Vamos, despertem, levantem-se, pois vocês têm uma longa jornada pela frente. Não desanimem! O caminho é extenso, mas ao longo das veredas haverá muitos frutos doces a serem colhidos, muitas árvores para protegê-los do calor do Sol e muitas grutas onde poderão pernoitar em paz. — E prosseguiu: — Em sua longa jornada, vocês serão instruídos por dezoito Mestres, em várias etapas, quando lhes serão transmitidos ensinamentos referentes às dezoito virtudes, que transformam uma pessoa comum num ser humano excepcional. Fiquem alerta, pois algo totalmente inesperado os aguarda.

Assim, um tanto intrigados com tudo aquilo, os discípulos guiados por Mestre Oriel partiram em direção à Montanha da Sabedoria. A escalada seria feita de forma gradual. Em cada etapa haveria um Mestre, e os jovens só continuariam seu caminho na medida em que fossem assimilando o ensinamento de cada um dos Mestres.

# Mestre Jaguar
## Virtude da Serenidade

pós dias de longa caminhada, surgiu diante deles, como que por magia, uma majestosa montanha de cume tão elevado que seus olhos mal podiam alcançar.

Ali, logo no sopé, viram o Mestre que iria iniciá-los na primeira das dezoito virtudes. Ficaram extasiados diante daquela insólita figura; era nada menos do que Mestre Jaguar. O felino era um espécime de rara beleza. O magnífico habitante da montanha tinha pelo aveludado de brilho inigualável, olhos tão penetrantes que pareciam fachos de luz. Era um animal tão poderoso que parecia não haver outro naquelas paragens que pudesse competir com ele; mas o mais notável é que Mestre Jaguar tinha os braços e as pernas de um ser humano.

Atônitos diante daquele ser incomum, ouviram a voz de Mestre Oriel dizer:

— Vocês estão diante de um Mestre muito ligado às forças da Terra, conhecido também como Mestre do Coração da Montanha. Ele irá ensinar-lhes a primeira das dezoito virtudes fundamentais para o ser humano desenvolver-se plenamente.

Nesse instante, Mestre Jaguar, com voz firme, porém macia, pronunciou-se da seguinte forma:

— A vida do ser humano é um verdadeiro campo de provas. Todos os dias os homens são assolados pelos mais variados problemas e adversidades; por isso, a primeira virtude a desenvolver para se tornarem Seres Humanos completos é a virtude da serenidade.

Ouvindo isso, os discípulos entreolharam-se como se não tivessem compreendido muito bem a lição. Um deles, vencendo a timidez, deu um passo à frente e perguntou:

— Mas, Mestre, o que é ser sereno?

— É ficar com o espírito calmo, tranquilo. A serenidade é um estado de maciez e paz interior que pode ser acessado mesmo quando a vida parece estar castigando-os.

— Mas, Mestre, — continuou o discípulo — tenho de lutar para sobreviver, tenho de ganhar a vida, o que nem sempre é uma tarefa fácil. Estou sempre angustiado por causa disso.

— Você está sofrendo pelo que poderá lhe ocorrer no dia de amanhã, mas nenhum de vocês pode esquecer-se de que é mortal e de que a vida é breve. Por isso não faz sentido sofrer, chorar e torturar-se pelo medo do que lhe possa acontecer no futuro. — E acrescentou: — Vou ensinar-lhes a virtude da serenidade através de um fenômeno da natureza. Sentem-se, fechem os olhos e relaxem o corpo. Imaginem ser um rochedo contra o qual as ondas do mar se arrebentam continuamente. Percebam que o rochedo permanece firme e imóvel e as ondas, batendo nele, enfraquecem-se, desmancham-se e morrem.

Os discípulos, tocados profundamente por essa imagem da natureza, acalmaram-se. Mestre Jaguar, então, decidiu oferecer-lhes outra imagem de serenidade.

— Agora, imaginem um rio correndo para o mar. Ele se joga no mar, mas não o perturba em nada, pois o mar é muito maior do que o rio; por isso, transformem o seu coração num oceano amplo e ilimitado e deixem que os rios dos problemas que os afligem diariamente deságuem nele. Vocês verão que um coração amplo é um oceano sereno. Cultivem a riqueza que é a serenidade, porque ela é a mãe de todas as virtudes.

Tendo assimilado as instruções de Mestre Jaguar, os discípulos agradeceram-lhe o ensinamento e continuaram a sua escalada em direção ao topo da Montanha da Sabedoria, levando dentro do peito um coração sereno.

# Mestre Pantera
# Virtude da Paciência

estre Oriel conduziu-os, então, até o lugar secreto em que vivia o próximo instrutor espiritual. Sabiam que o novo Mestre gostava da solidão; por isso, pararam no meio de uma clareira e ficaram aguardando a sua manifestação. De repente, no alto de uma pedra, surgiu uma deslumbrante pantera de pelo reluzente e olhar agudo. Como era bela, elegante e sedutora! A sua expressão traduzia doçura e nobreza ao mesmo tempo. Seu corpo e seu hálito exalavam um perfume inebriante.

Moveu-se lentamente em direção aos discípulos, balançando as ancas num ritmo suave. Diante do olhar admirado dos alunos, Mestre Pantera, com voz muito melodiosa, afirmou:

— Saibam que a segunda virtude essencial que devem aprender é a virtude da paciência.

— Mas, Mestre, o que é ser paciente? — ousou perguntar um dos discípulos, um tanto engasgado diante de tanta beleza.

E com voz delicada que mais parecia uma canção, Mestre Pantera explicou:

— Ser paciente é saber suportar com resignação todas as dores, todos os incômodos, todos os infortúnios; enfim, todos os sofrimentos que a vida inevitavelmente nos oferece. É cultivar uma perseverança tranquila, firme e confiante. É saber esperar. Isso torna mais leve qualquer situação difícil de ser remediada. Aprendam a suportar com paciência aquilo que não é possível corrigir nem evitar.

Nesse momento outro discípulo comentou:

— Mas é difícil suportar o defeito de alguém que está sempre nos incomodando, sempre nos criticando.

— Ah, aprenda a suportar os defeitos e as fraquezas dos outros. Não se esqueça de que você também tem defeitos que os outros devem suportar. — E dirigindo a todos o seu olhar felino, Mestre Pantera acrescentou: — Vejam como a natureza é paciente, observem como ela realiza todas as suas obras no devido tempo.

O encantador Mestre Pantera finalizou seu ensinamento:

— A paciência muitas vezes é amarga, mas seus frutos serão doces. Saibam que a grande arte é a arte de saber esperar.

Dizendo isso, Mestre Pantera, da mesma forma como surgira no topo da pedra, retirou-se sorrateiramente, deixando no ar o seu delicioso perfume.

Os discípulos caminharam por certo tempo junto a Mestre Oriel, sentindo dentro do peito a vibração melodiosa da voz do belo Mestre Pantera. Sem sombra de dúvida, haviam incorporado o seu ensinamento.

# Mestre Leão
## Virtude da Força

pós longo tempo de caminhada, chegaram a outro patamar da Montanha da Sabedoria, onde os aguardava o terceiro Mestre.

Um rugido aterrorizante os fez permanecer estáticos, porém serenos. Um Leão imponente, exalando um grande poder, caminhava firmemente em sua direção com um andar de quem parecia ser orgulhoso e autoritário.

Mestre Leão, dotado de uma força exuberante, transmitia a impressão de que, para relacionar-se com ele, era preciso estar bem-equilibrado, pois a sua força poderia tanto ajudar quanto prejudicar. E novamente o Leão rugiu alto e poderoso.

Mas, apesar do aspecto intimidador, Mestre Leão havia aprendido a canalizar para o bem a sua grande força de origem solar.

Como haviam aprendido a virtude da serenidade, os discípulos aproximaram-se tranquilamente de seu terceiro Mestre e perguntaram-lhe:

— Mestre, que virtude o senhor tem para nos ensinar?

Paciente, Mestre Leão, dosando a energia que colocaria na sua voz poderosa, respondeu-lhes:

— Estou aqui para ensinar-lhes a virtude da força. A força é a virtude que lhes dará energia para tudo aquilo que quiserem realizar. A principal inimiga da força é a preguiça. — E com uma expressão brincalhona, continuou: — Os antigos diziam que a preguiça caminha tão lentamente que a pobreza não precisa de muito esforço para alcançá-la. Rejeitem a preguiça, coloquem o melhor de si em tudo aquilo que fizerem, banindo-a do seu universo. Saibam que agir sem energia é estar morto em vida. Mas fiquem prevenidos: se ter energia é importante, mais importante ainda é saber ser capaz de controlar a força nela contida. Aprendam a ser os senhores da sua energia.

Um dos discípulos, que estava um pouco mais atrás dos outros, atraído pelo brilho da força de Mestre Leão, deu alguns passos à frente e perguntou:

— Mestre, como fazer para usar corretamente a força da energia?

— Vou ensinar-lhes o uso da força, narrando-lhes um fato que me foi ensinado por meu antigo Mestre.

Esticando-se no meio dos discípulos, Mestre Leão, com seu pelo dourado brilhando como o Sol, conservava ereta a imponente cabeça. Com voz retumbante, aconselhou-os:

— Na vida, há duas maneiras de se realizar um bom combate. A primeira delas é combater utilizando as leis e o poder da razão como fazem os homens. A outra é combater utilizando a força como fazem os animais. Muitas vezes o uso da razão não tem o poder de resolver uma dada questão; nesse caso, vocês terão de recorrer ao uso da força. Mas, se vocês tiverem de proceder como um animal, deverão adotar simultaneamente a atitude do leão e a da raposa.

— Como assim? Não estou compreendendo! — replicou o discípulo.

— Vou explicar-lhes. O leão é um animal que não sabe fugir das armadilhas, mas sabe defender-se do lobo. Já a raposa não sabe defender-se dos lobos, mas detecta com facilidade as armadilhas. Assim, para saber onde estão as armadilhas, vocês deverão adotar a atitude da raposa e, para amedrontar os lobos, a atitude do leão. Quem se contentar em ter apenas a postura do leão irá arrepender-se amargamente, pois terminará caindo nas armadilhas. Mas, em qualquer situação, lembrem-se sempre de agir com justiça.

Percebendo nos olhos dos discípulos o impacto gerado por suas palavras, Mestre Leão finalizou:

— A justiça sem a força é inoperante, e a força sem a justiça é tirânica. Por isso é preciso temperar a força com a justiça, pois dessa forma o justo será enérgico e o enérgico será justo.

Sob o olhar comovido dos discípulos, Mestre Leão retirou-se, deixando ressoar o som vibrante de suas poderosas palavras.

Agradecidos pelo ensinamento recebido, os sete discípulos continuaram sua escalada rumo ao próximo Mestre.

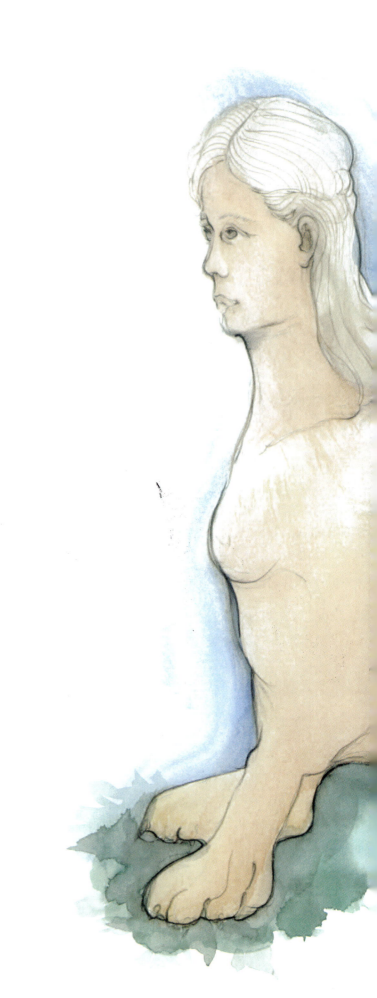

# Mestre Esfinge Grega
# Virtude da Modéstia

o caminho, Mestre Oriel, Mestre Luz Divina, começou a preparar seus discípulos para o encontro com o quarto Mestre.

Com um sorriso, pediu-lhes que caminhassem buscando dentro de si a virtude da força que Mestre Leão lhes havia ensinado, pois iriam necessitar dela no encontro com o próximo Mestre.

No caminho, os discípulos pararam e alimentaram-se fartamente. Depois repousaram e fizeram algumas práticas, realizando a ligação do Céu com a Terra. Quando se sentiram suficientemente fortes, Mestre Oriel levou-os à presença do quarto Mestre.

Diante dele, o sangue dos sete discípulos quase gelou em suas veias. Depararam-se com Mestre Esfinge Grega, uma criatura apavorante! Tinha uma bela cabeça de mulher, mas com tronco de leão, asas de águia e cauda em forma de terrível serpente.

Paralisados pelo medo, os discípulos acharam que seus dias haviam chegado ao fim, mas, para surpresa geral, Mestre Esfinge, numa atitude bastante receptiva, sorriu para todos.

Nessa hora, uma das discípulas, aproximando-se de Mestre Oriel, perguntou-lhe sussurrando:

— Mestre, essa não é a famigerada Esfinge Grega? A terrível criatura que fez inúmeras vítimas no passado? Ouvi falar dela em muitos relatos.

Mestre Oriel, voltando-se para Mestre Esfinge, dirigiu-lhe a palavra:

— Mestre, peço-lhe licença para esclarecer estes jovens a respeito da época em que sua tirania e vaidade fizeram muitas vítimas.

Mestre Esfinge assentiu com um sorriso benevolente entre os lábios e foi sentar-se imóvel sobre um belo pedestal de mármore.

Mestre Oriel chamou os discípulos à sua volta.

— Antigamente, Mestre Esfinge Grega era uma criatura maligna, conhecida como o terror das estradas. Costumava propor aos viajantes um enigma que, se não fosse resolvido... Bem, para ser delicado, eu diria que, quando não resolviam um enigma proposto pela Esfinge, os viajantes não voltavam para casa e nunca mais eram vistos sobre a face da Terra.

Ouvindo isso, os jovens trocaram olhares assustados, mas Mestre Oriel tranquilizou-os:

— Fiquem calmos! Isso aconteceu há muito tempo. Hoje ela está bastante mudada.

Um dos discípulos perguntou qual era o enigma que Mestre Esfinge propunha aos viajantes. E Oriel propôs-lhes:

— Vou contar-lhes qual era o enigma apresentado pela Esfinge, mas vocês terão de decifrá-lo.

— O que acontecia antigamente com as pessoas que não conseguiam resolver o enigma? — perguntou o mesmo discípulo.

— Bem, sem querer assustá-los, posso dizer que o lema da Esfinge era *Decifra-me ou devoro-te!*

Ouvindo isso, a moça, que já ouvira falar da Esfinge, dirigiu-se apavorada a Oriel:

— Quer dizer que, se não conseguirmos decifrar o enigma, estaremos correndo risco de vida?

Mestre Oriel, esboçando um ligeiro sorriso, respondeu:

— Bem, vocês terão a chance de resolver o enigma em grupo. Se não o resolverem, não serão devorados, mas também não poderão prosseguir rumo ao topo da Montanha da Sabedoria. O seu progresso ficará estagnado e terei de escolher outros discípulos para passarem pelo mesmo teste.

Essas palavras firmes do Mestre fizeram com que os discípulos encontrassem a força necessária para enfrentar a situação. A moça, que no princípio ficara apavorada, sentindo o vigor do grupo, foi tomada pela coragem:

— Afinal, Mestre, qual é o enigma que devemos decifrar?

— O enigma é o seguinte: *Qual é o animal que de manhã anda sobre quatro pés, ao meio-dia anda sobre dois pés e, ao cair da tarde, anda sobre três pés?* Vocês terão uma hora para decifrar o enigma; para isso, não se esqueçam de pôr em prática as virtudes que já aprenderam.

Os sete discípulos, então, sentaram-se, buscando a serenidade interior. Pacientemente, ficaram à escuta de um som que começou a vibrar no interior de cada um deles. Depois de meia hora de vivência de um fino estado vibratório, os quatro rapazes e as três moças deram-se as mãos para que a força do grupo os ajudasse a resolver o enigma.

Quando faltavam poucos minutos para completar o prazo de uma hora concedido por Mestre Oriel, a resposta surgiu clara na mente de cada um. Os discípulos sorriram entre si e, felizes por terem conseguido colocar em prática as três primeiras virtudes que lhes foram ensinadas, caminharam até o lugar em que se sentara placidamente Mestre Esfinge Grega.

A moça escolhida para ser a porta-voz do grupo deu-lhe a resposta:

— Mestre Esfinge, o animal descrito no enigma é o ser humano. É ele que, enquanto bebê, na manhã de sua vida, engatinha sobre quatro membros; enquanto adulto, no meio da sua vida, caminha sobre dois pés; e, na velhice, portanto no entardecer da sua existência, usa uma bengala para dar maior apoio aos pés.

Mestre Esfinge Grega sorriu-lhes em sinal de aprovação. Aliviada por ter passado no teste, a mesma moça ousou perguntar-lhe:

— Mestre, qual é a virtude que tem para nos ensinar?

— A virtude da modéstia, respondeu a Esfinge. No passado, fui muito orgulhosa e tirânica, mas aprendi que, para conquistar a liberdade interior, eu tinha de praticar a virtude da modéstia.

— Mas o que é afinal a modéstia? — perguntaram os discípulos em uníssono.

— A modéstia é a ausência da vaidade. A modéstia traz consigo a despretensão e a simplicidade. É uma linda virtude que devemos praticar principalmente em momentos de glória e prosperidade. Todas as nossas qualidades ganham força e relevo quando banhadas pela modéstia.

— E ela é oposta à presunção? — perguntou a discípula que se interessara tanto pelo ensinamento de Mestre Esfinge.

— Sem dúvida, a modéstia é o contraponto da presunção. Saibam que um homem modesto tem tudo a ganhar, pois atrai para si a simpatia e a generosidade dos outros, enquanto o presunçoso tem tudo a perder, pois só consegue atrair raiva e inveja.

A moça, que a essa altura dos acontecimentos já se sentia muito à vontade diante de Mestre Esfinge, exclamou:

— Que bela atitude interior está nos ensinando, Mestre! Como deve ser libertador abrir mão da presunção!

Mestre Esfinge esclareceu ainda:

— A pessoa que não trabalha sobre si, que não busca o seu desenvolvimento interior, não percebe que é escrava da própria vaidade e exibe seu orgulho e sua pretensão em todos os momentos da vida. Devido a essa atitude a pessoa acaba saindo-se mal. Já aquela que trabalha sobre si, mesmo ocupando uma alta posição, não tem orgulho nem pretensão.

E Mestre Esfinge finalizou seu ensinamento:

— Aquele que tem pouca luz é orgulhoso e cheio de si, enquanto aquele que tem muita luz é modesto e simples. Podemos comparar essa atitude à espiga de milho. A espiga vazia ergue arrogantemente a cabeça para o Céu; já a espiga cheia abaixa-se humildemente em direção à Mãe Terra.

Os discípulos despediram-se de Mestre Esfinge, sentindo-se aliviados por não terem mais de enfrentar o medo provocado por sua figura assustadora e agradecidos por terem assimilado seu ensinamento. Estavam também felizes por terem decifrado o enigma, pois Mestre Oriel dissera-lhes que, se não tivessem usado a sua inteligência para solucioná-lo, de nada lhes adiantaria serem instruídos nas dezoito virtudes.

Depois da intensa experiência que tiveram diante de Mestre Esfinge Grega, os discípulos continuaram a subir a Montanha da Sabedoria, ao lado do bondoso Mestre Oriel.

# Mestre Lobo
## Virtude da Humildade

e repente ouviram ao longe um som que lhes pareceu o uivo de um lobo. A primeira reação dos discípulos foi de susto, mas depois, lembrando-se de praticar a virtude da serenidade, caminharam calmamente até o próximo patamar da Montanha.

Anoitecia quando lá chegaram. Em meio à penumbra, viram diante de si um belíssimo lobo, de porte nobre e notáveis olhos claros. Mestre Lobo ficou impassível diante dos discípulos. O que chamava mais atenção na figura do Lobo eram a dignidade da postura e a limpidez do olhar.

Mestre Oriel, voltando-se para os discípulos, informou-lhes:

— Saibam que Mestre Lobo é capaz de enxergar com perfeição, mesmo quando envolvido pelas trevas mais espessas. Sejam como ele, desenvolvam a capacidade de enxergar claramente aquilo que está por trás dos acontecimentos, mesmo quando estiverem cercados pelas trevas da ignorância. Façam como Mestre Lobo, procurem perceber a luz da verdade nos momentos mais difíceis da vida.

Assim que Mestre Oriel terminou a sua exposição, Mestre Lobo tomou a palavra:

— A pedido de Mestre Oriel, vou transmitir-lhes a quinta virtude que vocês devem desenvolver: a humildade na conduta. Em primeiro lugar, quero que saibam que ser humilde é praticar a despretensão na ação. É procurar não ser arrogante em nenhuma situação.

Ouvindo isso, um dos discípulos perguntou:

— Mestre, se alguém me agredir injustamente, até que ponto devo manter a humildade diante dessa pessoa?

— Bem, a humildade deve ser justa e equilibrada. Ninguém deve humilhar-se a ponto de esquecer-se de que é um ser humano. A dignidade do ser humano é sagrada, para tudo existe uma justa medida. Por outro lado, se a vida o colocar numa posição de superioridade, pratique sempre a virtude da humildade. Os antigos costumavam dizer sabiamente: *Quanto mais longe fores e mais alto estiveres, mais humilde sejas; dessa forma, agradarás mais a Deus.* Esse é um grande ensinamento.

Mestre Lobo parou um instante e percorreu com o olhar o rosto dos sete discípulos; depois, com um brilho de contentamento em seus belíssimos olhos claros, continuou:

— Vocês terão muito a viver e muito a fazer; por isso, ao agirem, nunca se esqueçam de que o orgulho separa os homens, ao passo que a humildade é capaz de uni-los. Não se esqueçam também de que o excesso de amor-próprio incita à falta de humildade que, por sua vez, provoca tempestades. Em outras palavras, podemos dizer que todo copo cheio demais derrama.

Encantados com a simpatia demonstrada por Mestre Lobo, os discípulos agradeceram-lhe a generosidade de ter compartilhado com eles tanta sabedoria. Pediram-lhe, então, para pernoitar na gruta ali existente, para que eles pudessem impregnar-se da virtude da humildade. Com um gesto de simpatia, Mestre Lobo assentiu imediatamente.

No dia seguinte pela manhã, os discípulos despediram-se do seu quinto Mestre e prosseguiram a escalada em direção a um novo desafio e a uma nova etapa.

# Mestre Lince
## Virtude da Perseverança

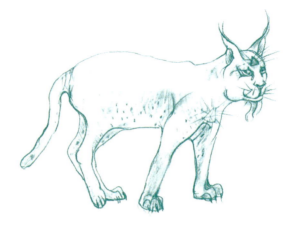

o caminho, Mestre Oriel explicou-lhes:

— Estamos agora caminhando na direção de Mestre Lince. Vocês já devem ter ouvido falar em *olhar de lince*, para designar alguém de visão acurada; por isso, perceberão que a principal qualidade de Mestre Lince é a sua visão poderosa. Há quem afirme que Mestre Lince é capaz de ver através das paredes. Dizem ainda que outra qualidade desse Mestre, muito apreciada por seus discípulos, é o seu refinado ouvido para a música. Segundo as pessoas que o conhecem, ele se deleita constantemente ouvindo música de altíssima qualidade.

Mestre Oriel fez uma pausa para lembrar-se de outras qualidades atribuídas a Mestre Lince e completou:

— Além do que lhes contei, ouvi ainda dizer que Mestre Lince possui duas qualidades difíceis de caminhar lado a lado: a coragem e a prudência. É muito raro encontrarmos essas duas propriedades num mesmo ser.

Assim que Mestre Oriel terminou de relatar os principais dons do sexto Mestre da Montanha da Sabedoria, os sete discípulos sentiram penetrar em sua carne um feixe de luz que os iluminou interiormente por completo. Era Mestre Lince que os observava. Os discípulos olharam-se entre si e cada um deles via seus companheiros como uma bola luminosa com inúmeros pontinhos que se movimentavam em diversas direções. Imediatamente compreenderam que Mestre Lince era capaz de vê-los através das barreiras defensivas que todos constroem para esconder o que realmente são. Um pouco envergonhados, os discípulos, sabendo que nunca conseguiriam enganá-lo, viram-no movimentar-se elegantemente em sua direção.

O Mestre dos olhos penetrantes falou-lhes:

— A minha tarefa consiste em ensinar-lhes a virtude da perseverança. Por meio da prática dessa virtude, vocês aprenderão a avançar na direção de uma determinada meta, sem se deter no meio do caminho. Perseverar significa seguir adiante, caminhar sem hesitação numa dada direção, sem permitir que fatores externos os desviem do alvo que desejam atingir. Quem persevera em seus propósitos acaba vencendo todos os obstáculos.

Uma aluna que não conseguia desviar os olhos de Mestre Lince expôs-lhe sua experiência de vida:

— Mas, Mestre, vejo que muitas vezes bato contra obstáculos que me machucam muito; nessa hora, quase esmoreço. Há certos obstáculos que têm o poder de me derrubar.

O Mestre, dirigindo seu olhar de lince para a moça, viu que existia dentro dela uma forte propensão à perseverança. Olhando-a intensamente, continuou:

— Há um provérbio oriental que diz que *se caíres sete vezes, levanta-te oito*. Os antigos costumam dizer que *só alcança quem jamais se cansa*. E as crianças, com sua ingenuidade benfazeja, costumam repetir *água mole em pedra dura, tanto bate até que fura*.

Dizendo isso, Mestre Lince começou a rir, pois sabia que todos ali, indiferentemente, tinham a capacidade de desenvolver a virtude da perseverança.

De repente parou de rir e, com muito sentimento na voz, completou seu ensinamento:

— O segredo das grandes almas está na perseverança. Isso significa que os grandes seres jamais desanimam, nunca desistem. É por isso que se costuma afirmar que as grandes obras não são executadas pela força, mas pela perseverança. Por isso, afirmo constantemente que aqueles que aplicarem com perseverança sua energia na direção de um objetivo preciso, vencerão todos os obstáculos que porventura surgirem em seu caminho.

Dizendo essas palavras, Mestre Lince retirou-se. No mesmo instante, o corpo de cada discípulo readquiriu a forma anterior. Maravilhados com o poder de visão e de persuasão do sexto Mestre, os quatro rapazes e as três moças afirmaram que a partir desse dia iriam eleger como meta principal a prática constante da perseverança.

Depois, como que por magia, todos olharam ao mesmo tempo em direção ao topo da Montanha da Sabedoria, a Montanha Mágica, que tinham por meta escalar até o fim.

Percebendo a direção do olhar dos seus discípulos, Mestre Oriel deu-lhes força:

— Mesmo uma estrada de mil quilômetros começa por um passo.

E todos prosseguiram bastante animados.

# Mestre Touro
## Virtude do Amor ao Trabalho

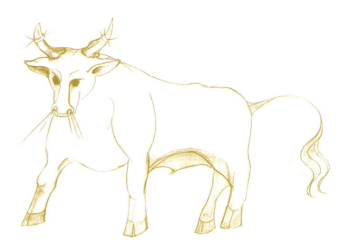

pós terem encontrado o perspicaz Mestre Lince, que lhes ensinou a virtude da perseverança, depararam-se com uma figura realmente extraordinária, de aparência oposta à do Mestre anterior.

Imponente, forte, potente, com ares de quem estava pronto a enfurecer-se, Mestre Touro surgiu transportando uma enorme carroça cheia de terra. Sem medir esforços, atravessou um córrego forrado de pedras escorregadias, que o separava do lugar onde os discípulos o aguardavam.

Era bonito ver a força e a vontade inquebrantáveis do novo Mestre. Depois do esforço realizado, seu semblante passou a irradiar grande alegria. Parou à frente dos discípulos, dirigindo-se a eles com voz poderosa:

— A sétima virtude que vocês devem aprender chama-se amor ao trabalho. Quem ama o trabalho, ama e reverencia a vida. Por isso, todo trabalho deve ser executado com inteligência e sensibilidade. Coloquem sua atenção no trabalho que realizam, pois ele contém a presença do Divino. Quem não trabalha não sabe servir a Deus, passando assim por muito sofrimento.

— Quer dizer que todo trabalho é sagrado? — perguntou-lhe um dos discípulos.

— Sem dúvida, todo trabalho sério é sagrado. Deus nada recusa a quem faz um bom trabalho. Todo trabalho feito com seriedade, por mais humilde que seja, traz consigo a presença de Deus. Podemos dizer que todo trabalho feito na Terra repercute no Céu. Um grande sábio, entre os homens, afirmava: *Transportai um punhado de terra todos os dias e fareis uma montanha.*

Mestre Touro parou por alguns segundos para visualizar a imensa montanha que pretendia construir. Em seguida, acrescentou:

— Não esqueçam, porém, que é muito importante executar seu trabalho com o máximo de inteligência, sensibilidade e habilidade.

Nessa hora, uma das discípulas interrompeu-o delicadamente:

— Desculpe-me, Mestre, mas muitas vezes executo meu trabalho sabendo que não estou fazendo exatamente aquilo que desejaria.

— Vou esclarecer essa questão contando-lhes uma pequena história. Três operários trabalhavam numa construção quando um homem passou por ali e perguntou-lhes: "O que estão fazendo?" O primeiro trabalhador respondeu casualmente que trabalhava como pedreiro. O segundo sorriu amarelo, dizendo que trabalhava para passar o tempo até arranjar algo melhor para fazer. Já o terceiro, não! Respondeu bastante entusiasmado que estava construindo uma catedral.

Ao terminar a história, Mestre Touro comentou:

— Esse relato ilustra lindamente a atitude que devemos ter diante do nosso trabalho, seja ele qual for. Ele nos ensina que a melhor maneira de prepararmo-nos para o futuro é colocar todo o nosso entusiasmo e toda a nossa inteligência na perfeita execução do trabalho que fazemos hoje.

Os sete jovens entreolharam-se entusiasmados com a lição recebida, enquanto Mestre Touro se retirava, carregando sua carga com viva alegria.

Um dos rapazes, voltando-se para Mestre Oriel, comentou:

— Depois de Mestre Lince, pareceu-me que não haveria outro Mestre que pudesse ensinar-me algo de forma tão interessante quanto Mestre Touro me ensinou. No entanto, Mestre Touro é tão diferente dele e igualmente interessante. E todos os discípulos concordaram com ele.

Mestre Oriel, então, explicou-lhes:

— O fato de encontrarem dezoito Mestres tão diferentes uns dos outros é muito importante para sua formação como Seres Humanos. Depois de terem conhecido todos eles, vocês serão capazes de aceitar as pessoas como elas realmente são.

# Mestre Pégaso

# Virtude da Sede de Conhecimento

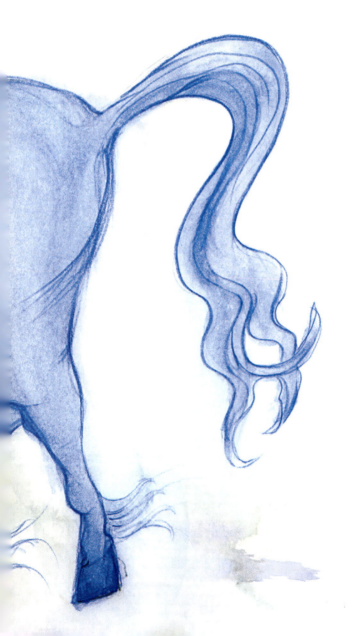

limentados por tão valiosos ensinamentos, os discípulos continuaram a ascensão à Montanha da Sabedoria. Mestre Oriel caminhava à frente, sorrindo satisfeito, olhando a bela noite estrelada que os cobria.

Depois de algum tempo, pararam para pernoitar numa pequena gruta aconchegante. Dormiram serenamente a noite toda. De madrugada, levantaram-se e continuaram a caminhar. Tinham andado uma légua, quando ouviram o som de uma cascata.

Entusiasmados, caminharam em direção ao ruído de água até que se descortinou diante deles uma paisagem deslumbrante. Coberta pelo céu rosado do alvorecer, havia uma cascata que, após percorrer a rocha azulada, alargava-se formando um riacho de águas cristalinas. Às suas margens, a exuberante vegetação verde era entrecortada por tons que iam do lilás ao roxo escuro, compondo a copa das árvores floríferas.

De quando em quando, presas entre as rochas que costeavam o riacho ou agarradas ao caule das árvores, viam-se raras espécies de orquídeas e bromélias de formas e cores variadas.

De repente, como num sonho, surgiu, sobrevoando o riacho, um Cavalo branco portando amplas e poderosas asas. Extasiados, os discípulos ficaram contemplando a esplêndida paisagem enriquecida pela figura do magnífico Cavalo alado.

Sentindo-se transportados para outro mundo, um mundo sublime, muito mais elevado do que o habitual, os jovens permaneceram em silêncio por longo tempo.

Em dado momento, Mestre Oriel falou:

— Essa criatura onírica se chama Mestre Pégaso. Seu nome, em grego, significa *manancial*. Dizem que, ao nascer, Pégaso deu um estrondoso coice no Monte Parnaso, fazendo brotar uma fonte em que as musas costumavam mergulhar em busca de inspiração e beleza.

Uma das discípulas, boquiaberta diante de tanta beleza, perguntou:

— Não foi Mestre Pégaso que ajudou vários heróis a vencerem monstros considerados invencíveis?

— Sem dúvida, foi ele que ajudou Perseu, o grande herói, a libertar sua amada Andrômeda do monstro marinho que a mantinha prisioneira. Perseu cavalgou Pégaso pelos ares e, assim, pôde matar o monstro no momento exato em que ele ia devorar a bela jovem. Dizem ainda que outro grande herói, Belerofonte, pediu ajuda a Pégaso para enfrentar a terrível Quimera, monstro com cabeça de cabra, que lançava chamas por todo lado, devastando o país inteiro. Com a ajuda de Pégaso, Belerofonte conseguiu derrotar a perversa Quimera, mas encheu-se de tal forma de presunção e orgulho que tentou entrar no Céu sem ser convidado. E foi, então, que de um só golpe Mestre Pégaso arremessou o herói arrogante de volta à Terra.

Nesse instante, o belo Mestre alado começou a transmitir aos discípulos boquiabertos a oitava virtude:

— A oitava virtude é a sede de conhecimento. Vocês devem cultivar o anseio pelo saber, buscar o verdadeiro conhecimento e desvendar as leis que regem este mundo. A prática dessa virtude é indispensável a todo ser que queira tornar-se verdadeiramente Humano. Os animais contentam-se em passar a vida apenas comendo e bebendo, mas um ser digno de ser chamado de Humano não pode contentar-se só com esse tipo de alimento. O conhecimento é o grande alimento do Homem, é ele que lhe dá grandeza e soberania.

Um discípulo que estava ao lado de Mestre Pégaso, sentindo o poder dessa virtude, expôs seu pensamento:

— Mestre, ouvindo-o falar dessa forma, ocorreu-me que o conhecimento confere muito poder a quem o tem.

— Sim, conhecer é poder; por isso, vocês precisam ser muito cuidadosos ao fazer uso do conhecimento. Devem utilizá-lo principalmente para tornarem-se livres. Só o saber pode tornar um homem verdadeiramente livre. O homem livre tem poucas necessidades, pois se libera de tudo aquilo que é supérfluo. O único adorno real que o ser humano deveria almejar possuir é o conhecimento amplo e irrestrito. É ele que de fato enfeita o homem e a mulher.

Uma discípula, arrebatada pela sabedoria que emanava de Mestre Pégaso, comentou:

— Sinto que a busca do conhecimento enobrece e dá sentido à vida.

E Mestre Pégaso completou a afirmação da moça:

— Sem dúvida, para aqueles que amam e procuram o conhecimento, a vida é uma verdadeira festa. A cada dia surge uma novidade no campo do saber. Assim, nenhum dia é a repetição enfadonha do anterior.

Satisfeito por perceber que os alunos sorviam com muito interesse as suas palavras, Mestre Pégaso completou seu ensinamento:

— Mas saibam que o conhecimento que abre as portas do verdadeiro saber é o conhecimento de si mesmo.

— Mestre, — perguntou um dos alunos — o que significa conhecer a si mesmo?

— Conhecer a si mesmo significa conhecer o seu verdadeiro Eu. Só esse conhecimento lhe dará a noção exata daquele que você é, ensinando-o, portanto, a seguir o rumo certo na vida.

Depois de ouvir essas joias de sabedoria oferecidas por Mestre Pégaso, os discípulos permaneceram calados por longo tempo. Tendo o silêncio como pano de fundo, eles ouviam extasiados o som melodioso da cascata. O encontro com Mestre Pégaso fora em todos os sentidos o espetáculo mais fascinante que viram sobre a face da Terra.

Com lágrimas nos olhos, despediram-se do Mestre alado que, batendo nos ares as suas maravilhosas asas brancas, afastou-se em direção ao Sol.

Os quatro rapazes e as três moças, acompanhados por Mestre Oriel, passaram o dia à beira do riacho, procurando fixar a riqueza de imagens e palavras que presenciaram naquele esplêndido lugar.

No final da tarde uma pequena chuva, entremeada por raios solares, caiu e um maravilhoso arco-íris riscou o Céu. Pareceu-lhes um bom presságio enviado pelo belo e inesquecível Cavalo.

À noite o admirável Mestre Pégaso enviou-lhes mais um valoroso presente: uma longa mancha branca da Via Láctea cobria o Céu e o conhecimento envolveu a todos os presentes, que o reverenciaram.

# Mestre Macaco

# Virtude da Generosidade

o dia seguinte, seguiram viagem em direção a uma pequena floresta, onde Mestre Oriel disse habitar o próximo Mestre, o irrequieto Mestre Macaco.

Penetraram na floresta em busca do Mestre da nona virtude. Enquanto caminhavam procurando com os olhos no alto das árvores, Mestre Oriel contou-lhes os seguintes fatos:

— Mestre Macaco tem muito orgulho de seus ancestrais, dizem que sua família foi a grande protetora dos camponeses que cultivavam o solo no sul da Índia. Conforme a lenda, Rama, a sétima encarnação do deus Vishnu, teve como grande amigo Sugriva, o rei dos macacos, que diziam ser a encarnação de um raio solar. Na guerra que Rama travou contra Ravana, o rei dos demônios, que raptara a sua esposa Sita, Rama foi auxiliado pelo macaco Sugriva, que lhe emprestou um grande exército de macacos, famosos por serem dotados de grande força e coragem. Hanuman, o capitão do exército de macacos, tornou-se grande devoto de Rama e, por isso, no final da batalha, ganhou como prêmio a imortalidade. Na Índia, contam-se inúmeras histórias sobre o imortal macaco Hanuman.

Nessa altura da narração, um dos discípulos perguntou a Oriel:

— Mestre, o que o Mestre Macaco tem a ver com o Capitão Hanuman?

Nesse instante, todos olharam para cima, pois, do alto galho de uma árvore, ouviram uma voz dizer com veemência e irreverência:

— Eta! Aqui estou! Sou o sucessor direto do imortal Hanuman! Juro que esta é a verdade!

E foi assim que os discípulos conheceram o nono Mestre das dezoito virtudes.

48

Imaginaram que ele iria continuar a contar-lhes a história de seus antepassados, mas Mestre Macaco manteve-se calado, esperando que Oriel continuasse o seu relato.

— Contam que, na longa batalha travada entre Rama e o Demônio, o irmão de Rama saiu ferido e Hanuman foi encarregado de ir até as montanhas do Himalaia para buscar algumas ervas que teriam o poder de curar o jovem. Como Hanuman não soubesse exatamente quais seriam as ervas indicadas para o caso, resolveu transportar a montanha inteira até o local onde o médico o aguardava ao lado do ferido.

Nessa altura do relato, Mestre Macaco, descendo da árvore com grande sorriso de satisfação nos lábios, interferiu:

— Ah, como gosto de ouvir a história dos meus antepassados, quando é tão bem-lembrada. Aliás, por ser muito modesto, reluto muitas vezes em contar a história de todos eles, mas vou contar uma que será muito elucidativa para vocês, humanos. Vou relatar um episódio que envolveu Mani bKa-'bum, um antepassado meu, que vivia na região do Tibete. Mani bKa-'bum era um macaco muito bonito e simpático, assim como eu, não é? E, por isso, a Demônia das rochas apaixonou-se perdidamente por ele. Mani bKa-'bum, que levava uma boa vida, não queria casar-se de maneira nenhuma, mas a Demônia começou a persegui-lo dizendo que, se ele não a desposasse, faria uma besteira sem precedentes. Ele, muito esperto, fugiu do assédio da Demônia o quanto pôde. Mas certo dia foi aconselhado e quase obrigado pelos deuses a casar-se com ela. Dessa união nasceram vários filhos meio-homens e meio-macacos. Naturalmente os mais bem-dotados foram os que herdaram as qualidades de Mani bKa-'bum. E com o tempo tornaram-se macacos perfeitos, bonitos como eu. Os menos dotados, coitadinhos, herdaram as qualidades da mãe. E com o tempo perderam os pelos, o rabo, ficaram feinhos, transformando-se, pobres coitados, em homens como vocês.

Nessa hora, Mestre Macaco fez uma pausa para observar a fisionomia dos discípulos e verificar o impacto causado por suas palavras; depois, sorrindo, continuou:

— Não costumo contar essas histórias aos humanos porque eles são muito sensíveis, e eu sou muito modesto, mas, segundo dizem os tibetanos, os humanos são os nossos irmãos menos dotados.

Mestre Oriel, ouvindo aquela história, rolou no chão de tanto rir. Os discípulos, ao contrário, sentindo-se muito ofendidos, não acharam nenhuma graça naquilo.

Depois de algum tempo de silêncio absoluto e de caras amarradas, Mestre Oriel percebeu que o mau humor dos rapazes e das moças ia dissipando-se. Pediu-lhes, então, que ouvissem com atenção tudo o que Mestre Macaco iria ensinar-lhes sobre a virtude da generosidade.

— A generosidade é uma das mais belas virtudes. O generoso é aquele que perdoa com facilidade, doando igualmente a todos aqueles que dele se aproximam. O pródigo, ou seja, o generoso, pode ser comparado à terra fértil que doa sempre sem olhar a quem.

— O que é ser generoso? É dar bens materiais aos necessitados? — perguntou um dos discípulos.

E Mestre Macaco elucidou-o:

— Não necessariamente. A generosidade pode apresentar-se sob três formas: por palavras, por atos ou por pensamentos. Em geral, as pessoas creem que a generosidade só pode manifestar-se pelos atos praticados pelos generosos, mas isso não é verdadeiro. Podemos ser generosos naquilo que dizemos, fazemos ou pensamos.

Outro discípulo levantou a mão pedindo licença para falar, e Mestre Macaco assentiu com um gesto:

— Pela minha experiência, percebo que nem sempre recebemos alguma retribuição quando somos generosos com as pessoas.

E Mestre Macaco esclareceu-o:

— Não tem importância alguma, pois a verdadeira generosidade não precisa de retribuição, ela paga-se a si mesma. O generoso vive a serviço do amor e isso lhe basta. Muitas vezes o generoso percebe que seu sorriso faz mais por uma pessoa do que a sua mão aberta. A generosidade desinteressada, quando praticada apenas em benefício do nosso próximo, embeleza-nos, pois nos reveste da beleza divina. Essa é a grande recompensa.

Dizendo isso, Mestre Macaco, acompanhado pelo olhar de gratidão dos discípulos, começou a saltar de galho em galho até desaparecer no alto de uma imensa árvore frutífera.

Emocionados por terem encontrado aquela figura tão fora do comum, os discípulos continuaram sua escalada ao lado de Mestre Oriel. Já haviam percorrido metade do caminho.

# Mestres Corvos

## Virtude da Conciliação

s jovens ainda estavam emocionados com o imprevisível Mestre Macaco, que lhes ensinara a virtude da generosidade, quando Mestre Oriel lhes chamou a atenção:

— Fiquem atentos, porque a qualquer momento surgirão diante de vocês dois Mestres na figura de corvos. Eles se chamam Hugin e Munin. Esses Mestres Corvos descendem de um antiquíssimo e ilustre antepassado, que foi o corvo enviado por Noé para verificar se a terra já havia reaparecido sobre as águas, após os quarenta dias de dilúvio. Eles também são descendentes diretos de dois outros corvos muito famosos na tradição escandinava, que também se chamavam Hugin e Munin.

Uma discípula, que conhecia um pouco sobre a tradição dos povos antigos, perguntou:

— Hugin e Munin não eram os corvos que percorriam o mundo em busca de novidades para relatá-las ao deus Odin?

— Exatamente! — respondeu Mestre Oriel.

Outro discípulo, querendo entender melhor quem eram essas figuras da mitologia nórdica, perguntou:

— Odin! Nunca ouvi falar desse deus. Quem é ele?

— Odin é considerado o mais velho dos deuses nórdicos, é o deus da guerra, da poesia e da sabedoria. Era também o protetor dos exércitos, dos mortos em batalha, da magia, dos magos e dos andarilhos. Conta a lenda que esse poderoso deus desejava conhecer os mistérios do mundo; para isso, feriu-se com a própria lança e ficou pendurado de cabeça para baixo numa árvore chamada Igdrasil, a Árvore da Vida, durante nove dias e nove noites. É importante que vocês saibam que toda manhã o deus Odin enviava seus dois corvos chamados Hugin e Munin para observarem o mundo e adquirirem conhecimento. No final da tarde, os corvos voltavam mais sábios e relatavam ao deus Odin tudo aquilo que haviam visto e aprendido.

O mesmo discípulo que havia interferido anteriormente perguntou interessado:

— Há algum significado no nome desses corvos?

— Sim, e aí está uma lição muito interessante. O nome de Hugin significa *pensar, refletir* e o de Munin significa *memória*.

Mas assim que Mestre Oriel respondeu à pergunta do jovem discípulo, todos ouviram o crocito de dois Corvos empoleirados no ramo de uma grande árvore caída. Eram bastante idosos e tinham um aspecto de seriedade que impunha muito respeito.

Os discípulos, encantados com o fato de estarem diante de dois Mestres tão sábios e vividos, sentaram-se no chão ao seu redor e pediram-lhes que contassem alguma das lindas histórias que os dois haviam presenciado.

Hugin, então, cônscio da responsabilidade de um contador de histórias, empertigou-se no galho da árvore e iniciou seu relato:

— Para começar, vou cantar-lhes uma bela canção que o deus Odin costumava cantar para os nossos antepassados:

*Hugin e Munin voam todos os dias sobre a Terra;*

*Temo que Hugin não volte,*

*Inquieto-me ainda mais pela ausência de Munin.*

Os discípulos, querendo entender o significado profundo desses versos, perguntaram ao mesmo tempo:

— Por que Odin teme que Hugin e Munin não voltem?

E Mestre Corvo Munin, que havia ficado calado até então, respondeu:

— Vocês merecem uma resposta precisa, pois apenas aqueles que se encontram no caminho do despertar ousariam fazer essa pergunta.

Mestre Corvo Hugin explicou:

— O deus Odin temia, como todos devem temer, que a capacidade de pensar, de refletir, representada por meu antepassado Hugin, desaparecesse por completo da face da Terra. O que seria dos homens sem a capacidade de pensar?

Mestre Corvo Munin completou a informação:

— Odin temia ainda mais perder o meu antepassado Munin. Ele perguntava-se o que seria de todos nós se nos esquecêssemos de onde viemos.

Nesse momento os dois Corvos pararam de falar e olharam carinhosamente para os discípulos; depois, disseram ao mesmo tempo:

— É por isso que nós, corvos, praticamos a arte da reflexão e a arte da lembrança da nossa origem. Talvez um dia possamos ensinar-lhes a praticar essas duas artes. Hoje estamos aqui para ensinar-lhes a décima das dezoito virtudes, que é a virtude da conciliação.

— Conciliar é o mesmo que harmonizar? — perguntou uma das discípulas.

— Sim, sem dúvida! Muito bem! Estou gostando muito das perguntas que vocês fazem, são muito apropriadas. Conciliar é produzir harmonia, por meio de um acordo feito entre partes opostas, é estabelecer a concórdia entre as partes.

Munin, a memória, completou o ensinamento de Hugin, o pensar ativo:

— Os antigos diziam que *os menores reinos crescem pela concórdia, enquanto os maiores desabam pela discórdia*. E isso é tão verdadeiro quanto a luz do Sol; por isso, procurem sempre praticar a virtude da conciliação, pois uma paz aparentemente injusta ainda vale mais do que a mais justificada das guerras. Lembrem-se sempre de que se obtêm melhores resultados com uma palavra conciliadora do que com várias horas de conflito.

— Mestres, na prática, o que devemos fazer para que nossos atos sejam sempre harmônicos? — perguntou um dos discípulos.

E os dois Mestres Corvos responderam em conjunto:

— Vamos ensinar-lhes uma regra básica: conciliem sempre os opostos, conciliando dentro de vocês a mente com o coração.

Depois de proferirem essa joia de ensinamento, os irmãos Corvos bateram as asas, afastando-se dali num belo voo sincrônico.

Os sete discípulos acompanharam com o olhar o voo harmônico dos dois respeitosos Corvos, que ficariam para sempre gravados em sua memória.

Em seguida Mestre Oriel convidou-os a prosseguirem viagem, pois estavam próximos do local onde vivia, na Montanha, aquele que seria o Mestre da décima primeira virtude.

# Mestre Centauro
# Virtude da Amabilidade

s discípulos não tiveram de caminhar por muito tempo para avistarem a impressionante figura de Mestre Centauro. Sua cabeça, braços e tronco eram de homem; as demais partes do corpo, de cavalo.

— Mestre Oriel, o que os centauros simbolizam? — perguntou um dos jovens.

— Os centauros são figuras da mitologia grega que simbolizam as duas naturezas do homem: a cabeça, os braços e o tronco em forma de homem simbolizam a nossa natureza celeste, enquanto uma parte do tronco e as pernas em forma de animal simbolizam o nosso lado terrestre, pois o Centauro está ligado à Terra pelas quatro patas.

A discípula, que sempre interferia quando se tratava de figuras mitológicas, informou:

— Em meus estudos, aprendi que os centauros se repartiram em duas grandes famílias: uma delas é a dos centauros brutos, insensatos e cegos; a outra, a dos centauros que vivem a serviço dos bons combates.

— Essa informação sobre os centauros é correta — disse Oriel. — E, apontando para Mestre Centauro, acrescentou: — O Centauro que será seu Mestre é descendente direto de Quíron, o mais famoso de todos os centauros, que fazia parte da família dos centauros que viveram a serviço do bom combate. Filho de Cronos, o Tempo, Quíron era muito inteligente, bondoso e sábio. Dizem que foi ele quem ensinou aos homens os segredos das plantas medicinais.

Quando Mestre Oriel acabou de pronunciar essas palavras, Mestre Centauro, grande e imponente, já se aproximara do grupo de discípulos. Olhando bem dentro dos olhos de cada um, disse com voz másculaà:

— Vim ensinar-lhes a virtude da amabilidade. Ser amável significa ser atencioso e cortês. Sempre que possível, devemos ser delicados em nossas ações, pois, da mesma maneira que os rios fluem para o mar, os resultados da amabilidade fluem para quem praticou essa virtude.

Um dos discípulos levantou a mão pedindo licença para interferir:

— O senhor quer dizer que quem for amável com os outros receberá de volta atitudes amáveis? Ou seja, quem respeita os outros será respeitado?

— Sem dúvida alguma! Recebemos aquilo que emitimos; por isso, antes de desejar receber o amor das pessoas à sua volta, procure primeiro amá-las. A amabilidade é o melhor investimento que existe e podemos dizer que é um capital inesgotável que paga juros altos e não custa nada.

Outro discípulo levantou a mão e comentou:

— Sinto que, apesar do grande porte que tem, o senhor é uma pessoa calorosa e afetiva.

— Obrigado por tê-lo notado! Na verdade ser caloroso e afetivo nos traz vários benefícios. Um deles é fazer muito bem à saúde. As pessoas aflitas e angustiadas atritam-se umas com as outras, irritando-se o tempo todo. Quem vive constantemente irritado e nervoso acaba adoecendo.

— Mas que fantástico! — exclamou outra discípula. — Quais outras vantagens a prática constante da amabilidade nos traz?

— A prática da amabilidade facilita todos os relacionamentos. A pessoa amável consegue abrir portas enquanto a pessoa rude fecha portas e corações.

De repente o majestoso Mestre Centauro abriu um enorme e simpático sorriso, sugerindo aos discípulos:

— Sorriam, jovens! Sorriam sempre! Em vez de viver com raiva e cara amarrada, procurem sorrir, pois a raiva rouba a capacidade de pensar e de sentir. Quando praticamos a virtude da amabilidade, ficamos mais felizes e inteligentes.

Nesse momento, todos os discípulos foram invadidos por uma onda de felicidade. Perceberam que a pessoa amável não só fica feliz como torna os outros felizes.

Depois, com sua força descomunal e figura irradiante, o poderoso Mestre Centauro, que havia conquistado a duras penas a virtude da amabilidade gentil, despediu-se dos discípulos, deixando atrás de si um sorriso em cada lábio.

# Mestre Grifo

## Virtude do Amor à Vizinhança

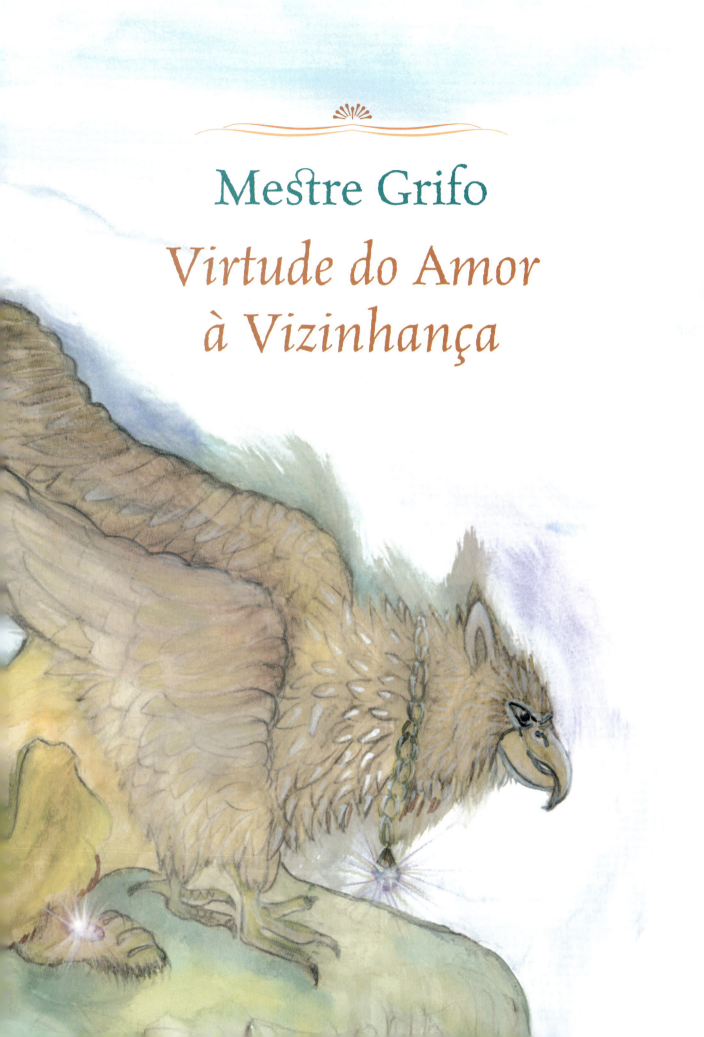

inda com Mestre Oriel à frente, os sete discípulos encaminharam-se para uma região em que havia enormes grutas. Era lá que vivia Mestre Grifo, o próximo Mestre que iriam encontrar.

No caminho, a jovem interessada em figuras mitológicas pediu:

— Mestre Oriel, conte-nos alguma coisa sobre a história de Mestre Grifo.

— Uma lenda muito conhecida sobre os antepassados de Mestre Grifo está relacionada com Alexandre da Macedônia. Conta-se que o grande imperador capturou dois antepassados de Mestre Grifo e atrelou-os ao trono para que o levassem até o Paraíso, pois tinha a intenção de invadir o Céu para encontrar Deus.

Como todo grande invasor, Alexandre acreditava que pudesse invadir qualquer lugar que quisesse. Estava quase conseguindo realizar o seu intento, quando um Anjo poderoso, levando uma espada flamejante nas mãos, surgiu à sua frente:

— Ó Rei, queres conhecer as coisas do Céu, sendo tão ignorante das coisas da Terra?

Conta-se que, nesse momento, Alexandre viu o tamanho da sua presunção e mandou que os grifos o trouxessem de volta à Terra.

— Mas que história mais ilustrativa para todos nós! — exclamou o discípulo.

Nessa hora já estavam chegando à região das grutas. Dormiram numa delas para se recomporem, pois Mestre Oriel os havia prevenido de que a figura do décimo segundo Mestre era um tanto assustadora. De fato, quando chegaram à gruta onde habitava Mestre Grifo, os discípulos ficaram com as pernas tremendo por certo tempo. Era uma figura realmente atemorizante. Tinha a cabeça e as asas de águia e o corpo de leão.

Quase sussurrando, a discípula perguntou a Mestre Oriel:

— O que essa figura mitológica simboliza , Mestre?

Mestre Oriel, voltando-se para todos, explicou-lhes pacientemente:

— Os primeiros cristãos fizeram do Grifo o emblema do Cristo Rei, isto é, da dupla realeza de Cristo. A águia é a rainha do Céu, e o leão é o rei da Terra. Cristo é soberano no Céu e na Terra. Sendo a mistura dos dois animais, o Grifo é um importante símbolo de Cristo.

Depois dessa explicação, Mestre Oriel acrescentou:

— Mas não devemos tomar o tempo de Mestre Grifo, ele é bastante ocupado. Vamos ouvir o que ele tem a nos dizer sobre a décima segunda virtude.

E Mestre Grifo iniciou seu ensinamento:

— A décima segunda virtude é o amor à vizinhança. Aprendam a conviver bem com seus vizinhos; dessa forma, começarão a aprender a amar o seu semelhante. Bons vizinhos podem ser muito mais valiosos do que muitos tesouros. É mais importante ter um bom vizinho do que ter um parente distante. Saber escolher um bom vizinho pode ser mais importante do que escolher uma casa.

Um discípulo deu um passo à frente e perguntou:

— Quem posso considerar como sendo meu vizinho? Só os que moram ao meu lado?

E Mestre Grifo, satisfeito com a pergunta, respondeu:

— A sua pergunta é importante. Na verdade, toda pessoa que estiver próxima, seja por muito tempo, seja por breve instante, pode ser considerada como um vizinho e deve ser bem tratada. Compreendam que o conceito de vizinhança tem dois sentidos: no sentido estrito, vizinho, é claro, é aquele que mora por perto, mas, no sentido amplo, vizinho é todo e qualquer semelhante com quem nos relacionamos diretamente.

Sabiamente, Mestre Grifo, então, concluiu:

— Existe um velho ditado popular que traduz uma grande verdade que diz que *quem não se preocupa com gente não é gente*. Com essas palavras, Mestre Grifo encerrou mais uma etapa da peregrinação dos sete discípulos.

Sempre conduzidos por mestre Oriel, continuaram a escalada para a Montanha Mágica da Evolução Interior.

# Mestre Urso

## Virtude da Saúde Equilibrada

epois de terem se deleitado com o ensinamento de Mestre Grifo, os jovens continuaram a sua escalada em direção àquele que seria o seu décimo terceiro Mestre. Já estavam a uma grande altitude, quando se embrenharam na floresta em busca do novo Mestre.

Naquela manhã, o Sol penetrava suavemente a copa das árvores, dando à atmosfera local um clima de doce alegria. De repente, todos viram a enorme figura de um Urso deitado, tomando banho de sol.

Quando os viu, Mestre Urso levantou-se vagarosamente e olhou para a comitiva que acabara de chegar ao seu *habitat*. De longe, os discípulos puderam constatar que aquela imensa criatura de pelo muito preto com uma mancha branca no peito era de boa índole. Os jovens ficaram alguns instantes parados diante daquele ser que emanava força e poder.

Para acabar com o constrangimento que havia se instalado entre os jovens, Mestre Urso, com muita simpatia, convidou-os para sentarem-se com ele no chão e compartilharem uma deliciosa refeição composta de grande variedade de frutas e mel. Com a sensação de estar ao lado de um grande e poderoso avô, os jovens aceitaram com prazer a generosa oferta.

Enquanto todos saboreavam a deliciosa refeição, Mestre Oriel, tomando a palavra, explicou aos seus discípulos:

— O Mestre que tão generosamente lhes oferece esta refeição é muito ligado à Mãe Terra e, por isso, conhece profundamente os seus segredos.

Uma das discípulas interrompeu-o suavemente:

— Desculpe-me, Mestre Oriel, mas diga-me que segredos o planeta Terra pode ter?

— Ah, a Terra possui inúmeros segredos. Mestre Urso conhece todas as correntes energéticas que atravessam o globo terrestre e que nós, humanos, estamos longe de conhecer.

— Correntes energéticas na Terra! — exclamou surpresa a mesma discípula.

— Sim — confirmou Oriel. — Da mesma forma que em nosso corpo existem canais energéticos, que os chineses chamam de meridianos, existem também canais de energia telúrica no corpo do nosso maravilhoso planeta. Guardem bem isto: a Terra é um ser vivo.

— Que coisa mais bonita e intrigante, ao mesmo tempo! — replicou a moça.

— E para que serve esse tipo de conhecimento? — perguntou um dos rapazes.

E Mestre Oriel respondeu:

— Como profundo conhecedor desses canais, Mestre Urso sabe curar e prevenir os mais variados problemas de saúde. Por isso, popularmente costuma-se afirmar que Mestre Urso tem propriedades medicinais na carne e nos ossos.

Nessa altura, os discípulos olharam para Mestre Urso com respeito e admiração.

— Que maravilha a medicina que ele pratica! — exclamou um dos alunos, pedindo: — Conte-nos um pouco mais sobre a vida de Mestre Urso.

E Mestre Oriel prosseguiu:

— Os antepassados de Mestre Urso foram muito ligados ao Rei Artur, lendário rei britânico da mitologia celta, soberano dos cavaleiros da Távola Redonda, o qual partiu em busca do Santo Graal. Sabe-se que o nome Artur é derivado da palavra *artus*, que em bretão significa *urso*. Conta-se que o Rei Artur possuía em si o espírito de urso, porque era bondoso e protetor, mas, quando necessário, era um terrível e mortal guerreiro.

Depois que relatou esses fatos, Mestre Oriel verificou que Mestre Urso já havia terminado a sua refeição. Pediu-lhe, então, amavelmente que iniciasse seus discípulos na décima terceira virtude.

O imenso Urso peludo começou dizendo alegremente aos seus discípulos:

— Saibam que é fundamental praticarem a virtude da saúde equilibrada para sentirem-se contentes. Que alegria pode sentir um ser que esteja com a saúde desequilibrada?

Sentindo-se diante de um médico por excelência, um discípulo perguntou:

— O que devo fazer para prolongar a minha vida?

— O segredo da arte de prolongar a vida consiste em fazer, em primeiro lugar, o possível para não abreviá-la. Considerem que a saúde depende mais das precauções e das medidas positivas antecipadas do que da ajuda de médicos depois de tê-la prejudicado com os nossos maus hábitos. A saúde, a inteligência e o favor de Deus são as maiores bênçãos que podemos obter nesta vida.

— Como posso conservar uma boa saúde? — perguntou o mesmo discípulo.

— Nós, que vivemos em constante contato com a natureza, sabemos perfeitamente o que nos convém para a boa conservação da saúde. Entretanto, em geral os seres humanos ingerem bebidas e alimentos que prejudicam a saúde. É muito importante dormir bem, caminhar relaxadamente e respirar bem. Como vocês humanos não fazem isso, estragam prematuramente seus órgãos internos; depois, desesperados, correm atrás de remédios. Lembrem-se de que a saúde é um jogo de soma zero, ou seja, tudo aquilo que vocês gastarem, terão de pagar um dia.

— O senhor coloca a saúde e a inteligência como duas das maiores bênçãos desta vida? A saúde e a inteligência estão interligadas? — ponderou uma das jovens.

— Sem dúvida! — exclamou Mestre Urso — citando o famoso verso *Mens sana in corpore sano,* de Juvenal, que compôs um poema ao responder à questão sobre aquilo que as pessoas deveriam desejar na vida. Dessa forma, — continuou Mestre Urso — o homem sábio pede ao Céu a saúde da mente aliada à saúde do corpo. Em outras palavras, diríamos que a saúde do corpo é essencial para a saúde da mente. Os homens costumam direcionar seus esforços ao desenvolvimento da mente, deixando o corpo físico relegado ao último plano. Só se lembram da existência corporal, física, quando o corpo falha.

Mestre Urso, então, levantou-se com facilidade para despedir-se dos discípulos. Era impressionante ver o vigor físico e a agilidade daquele Mestre tão grande. Ele deu alguns passos e voltou-se novamente para os jovens dizendo:

— A saúde é como a liberdade, só quando nos falta é que lhe damos valor. Agradeçam todos os dias ao Criador Universal por terem o corpo são e a mente sã, pois com saúde tudo se torna mais saboroso. Um só dia com saúde equilibrada vale toda a riqueza do mundo.

Dizendo isso, Mestre Urso desapareceu por entre as árvores da floresta, deixando no coração dos discípulos a tristeza pela partida daquele novo avô.

Mestre Oriel pediu aos sete que se levantassem, pois tinham de prosseguir a sua jornada.

# Mestre Pavão

## Virtude da Concentração de Espírito

iajaram por várias horas, pernoitaram numa gruta e, no dia seguinte, prosseguiram a jornada. Já haviam percorrido um longo caminho quando chegaram ao que parecia ser um jardim encantador. O gramado era de um verde vivo e possuía árvores de variadas espécies.

No meio dele, como que por encanto, surgiu um Pavão com sua cauda de mil olhos. Estava tão integrado nas cores da paisagem que parecia ter sido colocado ali pelas mãos de um grande pintor. Era, na realidade, Mestre Pavão.

Quando os discípulos se aproximaram, viram que, ao contrário do que se pode esperar de um pavão, comumente muito vaidoso, Mestre Pavão era de simplicidade e despojamento inigualáveis.

Mestre Oriel fez a apresentação do novo Mestre:

— Aqui está o Mestre da décima quarta virtude. Devo contar-lhes que, entre os primeiros cristãos, o pavão era o símbolo da *imortalidade*, pois a sua cauda evoca a imensidão da abóboda celeste, do firmamento estrelado. Os hindus acreditavam que o pavão era um grande inimigo das serpentes, as quais ele matava para transmutar alquimicamente o seu veneno e tornar-se imortal.

Um discípulo perguntou a Mestre Oriel:

— Na prática, o que significa transmutar alquimicamente o veneno da serpente?

— Boa pergunta! Vocês sabem que a vida está constantemente nos enviando venenos sob as mais variadas formas? Vivemos envenenados pelas inúmeras emoções e pelos pensamentos agitados que agridem o nosso corpo físico; em consequência disso, desperdiçamos grande parte da nossa energia. Transmutar alquimicamente venenos emocionais e mentais significa fazer algumas práticas que nos permitam digerir os venenos tal como o pavão faz com o veneno da serpente. Quando fazemos isso, ficamos mais fortes e poderosos.

Nesse momento, Mestre Pavão, que atentamente ouvira o que Oriel havia falado, aproximou-se prosseguindo a explicação:

— Mas não há possibilidade de transmutação se não praticarem a décima quarta virtude: a virtude da concentração de espírito. A mente, em geral, é muito agitada, cheia de preocupações. Sofremos porque a maior parte daquilo que ocupa mecanicamente a nossa mente é inútil e sem sentido. Aprender a esvaziar a mente é uma arte preciosa que, além de nos tornar mais sadios, nos torna mais inteligentes e eficientes em relação a tudo aquilo que fazemos na vida.

— E o que fazer para esvaziar a mente? — perguntou um dos discípulos.

— Aprendemos a esvaziar a mente praticando a antiga arte da concentração sob as mais variadas formas. Quando a mente se concentra e se esvazia, fica purificada de todos os venenos da vida. Para a mente pura, tudo é puro; na verdade, nada tem o poder de contaminar a mente que é pura. Quando a mente não está pura, ou seja, não está concentrada, ela se deixa contaminar pelos venenos da vida. Para a mente turva, tudo na vida se transforma em problema. Já para a mente purificada, mesmo os acontecimentos mais penosos tornam-se um fardo leve.

— Quer dizer, então, que a chave para a felicidade é a mente purificada? — perguntou uma das moças.

— Exatamente! — exclamou Mestre Pavão. — Há pessoas que apenas se preocupam em ficar ricas, famosas, bonitas e poderosas, acreditando que assim estão correndo atrás da felicidade; no entanto, elas jamais conseguirão alcançar a felicidade. Aliás, essas pessoas não sabem e não estão interessadas em saber que a felicidade só pode ser encontrada através da mente concentrada, ou seja, da mente que não ficou divagando. Além disso, quem não aprende a concentrar a mente expõe-se a todas as más influências que tornam a vida triste e pesada. Para a mente concentrada, a vida é pura alegria.

Assim que terminou sua exposição, Mestre Pavão despediu-se dos sete discípulos e voltou galhardamente para o meio do seu lindo jardim. Os discípulos, então, esvaziaram a mente e ficaram apreciando de longe a sua figura majestosa. Como era belo Mestre Pavão! Tão belo quanto a mente pura.

# Mestre Unicórnio

## Virtude da Sobriedade ao Falar

rosseguindo a viagem, os sete jovens, sempre liderados por Mestre Oriel, chegaram a uma clareira ao lado de uma floresta. Puderam, então, avistar uma das mais belas figuras que seus olhos já haviam visto. De uma brancura sem par e porte aristocrático, lá estava Mestre Unicórnio, o cavalo mitológico que tem um único chifre no centro da testa.

Antes de se aproximarem de seu décimo quinto Mestre, Oriel explicou aos discípulos:

— Apesar da sua elegância e beleza, Mestre Unicórnio foi sempre muito tímido e arisco, e seus antepassados eram considerados indomáveis. Ninguém conseguia capturá-los até o dia em que descobriram um meio de fazê-lo.

Nessa hora, Mestre Oriel, piscando maliciosamente o olho, sorriu:

— O único meio de capturá-lo era colocar à sua frente uma jovem de beleza inigualável, que fosse virgem de corpo, de coração e de espírito. Sentindo-se irresistivelmente atraído por ela, o Unicórnio ajoelhava-se diante dela e apoiava sua cabeça nos seios desnudos da jovem, acariciando-a docemente. Apenas assim poderia ser capturado.

— O fato de o Unicórnio ter um único chifre no centro da testa tem algum significado especial? — perguntou um discípulo.

— Sim — respondeu Oriel. — Os cristãos antigos diziam que, se o Unicórnio espetasse seu chifre em alguém, curaria no mesmo instante qualquer doença. Afirmavam que ele simbolizava Nosso Senhor Jesus Cristo, médico e salvador das almas. Além disso, os unicórnios tinham a fama de possuir imensa força no seu único chifre. Diziam antigamente que era tal a força dos unicórnios que o Rei Davi, pai de Salomão, certa vez declarou: *E vós exaltareis a minha força como aquela do Unicórnio!*

Quando Mestre Oriel acabou de dar a sua explicação, Mestre Unicórnio aproximou-se tranquilamente, assumindo a palavra:

— Devo iniciá-los numa das mais importantes virtudes que existem: a sobriedade ao falar. Vocês, jovens, sabem o quanto as pessoas falam por falar, sem que suas palavras tenham algum conteúdo. Falam por nervosismo, falam para despejar no outro as tensões que as dominam e, o pior, muitas vezes falam para destruir os outros, construindo intrigas. Os antigos chineses diziam que *a língua mata mais do que a espada*. Diziam também que *uma língua maldosa derruba um império*. Quando falarem, procurem fazê-lo com sobriedade, pois seja o ouvinte, seja o opositor, todos têm direitos iguais aos seus.

— Mestre, — chamou uma das discípulas — sinto que muitas vezes sou agredida pelas palavras do outro. Nesse caso o que devo fazer?

— Se alguém a agredir ou simplesmente cometer uma falta, não agrida verbalmente essa pessoa. Recupere primeiro a sobriedade, para depois dizer aquilo que tiver de dizer.

E voltando-se para todos os discípulos acrescentou:

— Procurem falar com justiça, mas para fazê-lo é preciso pensar com clareza. A principal condição para tornarem-se bons pensadores é a clareza sóbria; procurem falar com honestidade e veracidade, pois isso os engrandecerá. Não sejam como o maldizente que critica até pássaro voando, para o crítico ninguém presta. Por isso, da mesma forma que o maldizente critica alguém para você, irá criticá-lo para o outro. Assim, afastem-se dos maldizentes! — E, para terminar sua exposição, Mestre Unicórnio acrescentou: — São Francisco de Assis já dizia que *a maledicência é o contágio que infecta tanto quem ouve quanto quem fala, ambos são réus*.

Logo que Mestre Unicórnio terminou de dizer essas palavras, saiu trotando em direção ao Sol poente.

Os discípulos, com lágrimas nos olhos, acompanharam-no com o olhar e com o coração. Em silêncio, prosseguiram a escalada rumo ao pico da Montanha da Descoberta Interior.

# Mestre Cisne
## Virtude da Ação Justa

epois que os discípulos viram Mestre Unicórnio desaparecer em direção ao Sol poente, Mestre Oriel levou-os até uma gruta próxima a um lago, onde pernoitaram em paz.

No dia seguinte, levantaram bem cedo e caminharam em direção ao lago. O Sol estava apenas despontando no horizonte quando lá chegaram. Todos ficaram sentados às margens do lago vendo as suas águas cristalinas tornarem-se cada vez mais azuladas conforme a luz do Sol as penetrava.

Naquele outono, a escarpa da montanha, que caía abrupta em direção ao lago, estava coberta por árvores de cor amarelo-avermelhada, que apontavam em direção ao Céu. Emoldurados pelos matizes da aurora, o lago e a montanha pareciam fazer parte de um quadro mágico.

De repente, nessa paisagem pintada pelas mãos do Criador, surgiu um ser de rara beleza. Sobre as águas transparentes do lago, com porte elegante e pescoço ereto, um enorme Cisne de alvura imaculada deslizava.

Mestre Oriel, então, exclamou:

— Vejam só que criatura esplêndida é Mestre Cisne! Os antigos gregos diziam que os cisnes são seres que têm uma grande ligação com Apolo, o Sol, também conhecido como deus da beleza.

A discípula que gostava muito de mitologia perguntou:

— Não eram os cisnes que transportavam Apolo em sua carruagem de ouro?

— Sim, os cisnes serviam Apolo, transportando-o em sua carruagem de ouro. Apolo simboliza a potência divina que a cada primavera traz a fertilidade ao solo e a beleza das flores sobre a terra. Ele traz também a luz divina, bem como a felicidade, à alma do homem. Observando o cisne, os antigos cristãos maravilhavam-se de admiração por essa ave coberta de plumagem branca, imaculada, que ama as águas cristalinas. Por isso, fizeram do cisne o emblema da perfeita pureza de Nosso Senhor Jesus Cristo. O voo dessa ave simboliza Cristo conduzindo ao Céu as almas que Ele salvou.

Assim que terminou seu relato, Mestre Oriel pediu a Mestre Cisne que viesse até a margem do lago para instruir os sete jovens na décima sexta virtude.

Mestre Cisne, então, aproximou-se e iniciou a sua instrução, dizendo:

— Uma das virtudes essenciais ao ser humano de qualidade é a prática da ação justa, pois estabelece a concórdia entre as pessoas e as nações. As ações injustas geram a discórdia. Evitem praticá-las. Deus sempre recompensa aqueles que agem com justiça em relação aos seus semelhantes. Todo ser humano é lembrado pelas ações que praticou; por isso, devemos agir com justiça e nobreza em todos os momentos da vida.

— Mas como posso saber se estou agindo com justiça? — perguntou um dos jovens.

— Agir com justiça significa agir conscientemente. Quando estivermos conscientes, ao praticarmos as nossas ações, não criaremos motivos para temer ninguém, pois trataremos todos com respeito, como verdadeiros irmãos. O homem que pratica a virtude da ação justa age nobremente, mesmo quando for atingido pelos golpes da vida. Mas não se esqueça de que ser correto e justo não significa ser rígido e inflexível. Muitas vezes precisamos ser maleáveis.

— Mestre, — perguntou uma discípula — se eu cometer um erro de avaliação e agir injustamente, o que devo fazer?

— Todos nós cometemos erros, isso é inevitável. O grave não é cometer erros, o grave é não corrigi-los. Quando você corrige seu erro, percebendo a injustiça que cometeu, está vencendo a si mesmo. Só é forte quem é capaz de vencer a si mesmo.

Enquanto os discípulos absorviam o ensinamento do majestoso Mestre Cisne, ele virou-se e, inclinando seu augusto pescoço, despediu-se solenemente de todos e flutuou sobre as águas com sua inimitável elegância.

A comitiva de jovens, chefiada por Mestre Oriel, prosseguiu seu caminho.

# Mestre Galo
# Virtude da Vigilância

uando anoiteceu, Oriel convidou-os a sentarem-se em círculo numa clareira e acendeu uma fogueira bem no centro da roda. Quando todos estavam aquecidos e relaxados, ele ponderou sobre o estado dos sete jovens naquele estágio do ensinamento:

— Faz muito tempo que deixaram o seu lar. Vocês percorreram um longo caminho em direção à evolução interior. Saibam que são pessoas de muita sorte, porque esse caminho não é acessível a todos. Como vocês foram desenvolvendo-se aos poucos, talvez não se deem conta do quanto evoluíram. É como se do começo da escalada até agora vocês tivessem passado por uma ressurreição. Estou muito satisfeito com meus discípulos, por isso vocês merecem conhecer agora Mestre Galo, o símbolo da ressurreição e da vigilância constante.

Um dos discípulos, sorrindo, comentou:

— Que interessante, lembro-me de que na minha infância, quando ouvia o galo cantar anunciando o raiar de um novo dia, sentia em meu peito a alegria de renascer.

— Isso mesmo, o galo é o profeta do dia. De madrugada, quando a Terra ainda está imersa na escuridão, ele anuncia a infalível chegada da luz do Sol. O canto do galo, uma explosão matinal de vida quando o mundo ainda está encoberto pelas trevas, o primeiro grito de guerra à inércia, fez dessa ave o símbolo natural da vigilância.

— Ele está relacionado ao deus Mercúrio da mitologia grega, não é? — perguntou a discípula que gostava de estudar mitologia grega.

— Certamente — respondeu Mestre Oriel. — Mercúrio é considerado, entre outras coisas, o rei do comércio. Isso faz muito sentido, porque todo sucesso na área comercial depende da constante vigilância do comerciante.

Após essas explicações, Mestre Oriel convidou os discípulos a fazerem uma refeição frugal e a se deitarem para descansar da longa caminhada.

De madrugada, todos acordaram com o sonoro canto de um Galo. Abriram os olhos e puderam ver, na claridade do fogo que Mestre Oriel mantivera aceso durante toda a noite, um garboso Galo de plumagem multicolorida, com uma extensa cauda de dois metros de comprimento.

— Santo Deus! Que figura distinta!

Após saudá-los com um canto melodioso, Mestre Galo iniciou seu ensinamento:

— A décima sétima virtude que vocês devem aprender é a virtude da vigilância. A atenção desperta, ou a vigilância, é a mais importante das faculdades que o Todo Misericordioso Criador conferiu ao ser humano. É ela que faculta ao homem a possibilidade do verdadeiro saber. Quem se dedica aos estudos sabe muito, mas quem aprende a ser vigilante sabe muito mais, pois compreende tudo quanto à qualidade do seu ser. Sempre que praticarem a virtude da vigilância, encontrarão algo para aprender independentemente do lugar em que se encontrarem ou da situação em que estiverem envolvidos.

Depois que deu essa instrução, Mestre Galo observou atentamente os seus discípulos e percebeu que estavam aptos para receber a mais valiosa das instruções.

— Vou revelar-lhes algo muito belo: a vigilância é o olho da alma, quem busca desenvolver uma atenção vigilante faz a sua alma crescer.

— Que maravilha, Mestre! — exclamou um dos discípulos. — Sinto que essa revelação é a chave mestra do desenvolvimento interior.

— Você está certo, a virtude da vigilância é a chave mestra para o desenvolvimento do ser humano. Podemos dizer que o ser humano por excelência não é aquele que tem fama, dinheiro ou poder, mas é aquele que possui uma grande alma. Os hindus o chamam de *Mahtma*, que significa também *aquele que sabe ser vigilante*.

Mestre Galo, então, para fazer-se compreender ainda melhor, fez uma analogia:

— Da mesma forma que num telhado bem-construído não há goteiras, na alma de quem é vigilante, a infelicidade não entra.

Depois, em tom grave, Mestre Galo preveniu-os:

— Devo dizer que a atenção vigilante tem sequestradores que se apoderam dela constantemente. O primeiro deles é o falar interno que se desenrola sem parar na mente. O segundo corresponde às preocupações sem fim por tudo aquilo que acontece na vida. O terceiro engloba todas as paixões e todos os desejos insaciáveis, que são sempre renovados. Todos esses sequestradores e ladrões da atenção são naturais e inevitáveis, mas, desenvolvendo a virtude da vigilância, vocês terão condições de passar por esses ladrões sem permitir que eles sequestrem a sua atenção.

— Isso significa que a nossa atenção precisa manter-se livre para que possamos desenvolver a nossa alma? — perguntou uma discípula.

— Você captou bem o ensinamento. A atenção precisa ser livre, isto é, destacada de tudo, e também ser vigilante, para que vocês possam apreciar o grande privilégio que é estar vivo. Lembrem-se de que a atenção vigilante é a suprema joia que o ser humano possui. Ela é a luz do sol interior de cada um. É a luz de Deus no interior do ser humano.

Quando Mestre Galo terminou de dizer essas palavras, todos os discípulos olharam na direção de Mestre Oriel, pois ele irradiava uma intensa luz solar que se propagava em todas as direções. Comovidos, contemplavam o Mestre chamado Oriel, ou Luz de Deus, quando um facho de luz branca iluminou o topo da cabeça de todos eles.

Sentiram que haviam incorporado a virtude da vigilância, considerada por Mestre Oriel como a essência de todos os ensinamentos e tão generosamente ofertada por Mestre Galo. Depois de um tempo indefinido em que ficaram nesse estado sublime, todos se levantaram e prosseguiram em sua escalada até alcançarem a última etapa da subida da Montanha das Dezoito Virtudes.

# Mestre Águia
# Virtude da Caridade

ssim que atingiram o topo da Montanha Sagrada, viram uma gigantesca criatura sobrevoando o Céu. Era Mestre Águia.

Segundo lhes informou Mestre Oriel, Mestre Águia tinha asas de trinta e seis metros de envergadura e era tão forte que podia transportar um elefante em suas garras.

Extasiados diante da visão daquele Mestre alado e de potência descomunal, os discípulos não conseguiram balbuciar uma só palavra.

Mestre Oriel, percebendo o estupor dos jovens, explicou-lhes:

— Mestre Águia é o símbolo da elevação, pois corresponde a tudo aquilo que nos eleva em direção ao Altíssimo Criador de todas as coisas. Ela nos conduz ao bem e ao belo, para a perfeição latente em todas as coisas; portanto, ela nos conduz para o Divino. A Águia representa também o Redentor que abre a porta do domínio divino a todas as almas. Em nossa vida terrestre ela infunde-nos a graça que nos eleva a Deus.

Quando Mestre Oriel terminou seu relato, Mestre Águia já havia pousado no topo da Montanha da Sabedoria. Mestre Oriel, então, convidou os discípulos para montar no dorso da portentosa Águia.

Os discípulos, muito amedrontados, instalaram-se como puderam no dorso do imenso animal. E, para sentirem-se seguros, os jovens agarraram-se em suas penas. Em seguida, a enorme Águia levantou voo rumo ao límpido Céu azul.

Com voz que parecia o som de um trovão penetrante, Mestre Águia falou:

— Apenas para aqueles que praticam a virtude da vigilância, abre-se a possibilidade de praticar a última das dezoito virtudes: a virtude da caridade.

Um discípulo, que já se sentia confiante naquele maravilhoso voo no dorso de Mestre Águia, perguntou-lhe:

— Mestre Águia, as pessoas em geral falam muito em praticar a caridade, mas percebo que muitas delas dão esmola aos pobres apenas para se aliviarem da culpa de possuir aquilo que os outros não possuem.

— Você percebeu bem. Para praticar a verdadeira caridade, é necessário ter amor no coração. A caridade é uma forma de amor que deve vir acompanhada de suas duas irmãs, a fé e a esperança. É a fé que nos dá ânimo e é a esperança que aquece o nosso coração. Sem estar acompanhada das duas irmãs, é impossível praticar a virtude da caridade em sua verdadeira acepção.

— Praticar a caridade é o mesmo que amar ao próximo? — perguntou uma discípula.

— Sim — respondeu com firmeza Mestre Águia. — O caridoso ama a Deus sobre todas as coisas e, dessa forma, começa também a amar ao seu próximo. Quando entra no Reino do amor por excelência, o ser humano sente-se um ser integral; por isso, busquem ser caridosos com os pobres e com os aflitos. Saibam que a caridade beneficia mais a quem a pratica do que a quem a recebe, pois o prazer de praticar o bem é maior do que o de receber. Quanto mais doamos, mais recebemos de Deus na vida.

A seguir Mestre Águia calou-se por alguns instantes, e todos puderam ouvir a vibração do silêncio infinito que os rodeava nas alturas.

Depois de algum tempo, Mestre Águia retomou a palavra:

— O silêncio e o ar puro que nos permeiam neste momento vão purificá-los dos vapores das dificuldades terrestres.

— Os vapores das dificuldades terrestres! — exclamou um discípulo. — O que é isso?

— Até a uma determinada altura, há na atmosfera terrestre uma faixa de vibrações energéticas que entorpecem a mente, as emoções e a força vital das pessoas em geral. Podemos chamar essas vibrações de vapores das dificuldades terrestres. Esses vapores não permitem que as pessoas pensem, sintam e ajam com lucidez; por isso, é preciso praticar todos os dias o chamado voo da águia, isto é, elevar-se voluntariamente em direção ao infinito.

Depois de mais alguns instantes de silêncio, Mestre Águia terminou sua instrução:

— Respirem profundamente soltando todos os vapores terrestres que porventura ainda estiverem dentro de vocês. Vamos subir mais um pouco em direção ao infinito.

Todos entraram, então, numa zona de completo silêncio. Ninguém soube dizer exatamente quanto tempo permaneceram nesse estado de beatitude, até que Mestre Águia pousou no chão.

Nessa hora, todos souberam que a escalada para a Montanha da Iniciação havia chegado ao fim. Os quatro rapazes e as três moças que ali desceram após o voo da Águia estavam totalmente transformados. Haviam se tornado seres humanos iluminados, sabiam que agora tinham conhecimento suficiente para levar outros seres para escalarem a Montanha das Dezoito Virtudes.

# Epílogo

Nas tradições de muitos povos arcaicos, ficaram guardadas referências dos sete iluminados que foram iniciadores da sua civilização. Entre os acádios e os sumérios falava-se dos sete sábios que foram encarregados de executar os desígnios do Céu e da Terra. Conta-se que nos primórdios do cristianismo também existiram seres humanos iniciados que deram origem aos sete espíritos ou anjos do Senhor.

Na Índia, esses iniciados foram chamados de os sete grandes *richis* ou, traduzindo, os sete grandes reveladores. Entre os gregos foram chamados de os sete sábios da Grécia que conduziram seu país no caminho da sabedoria, da lei, da harmonia, da justiça e do progresso. Entre os mais conhecidos estão Tales de Mileto, Sólon de Atenas e, principalmente, Quílon de Esparta, cujo grande lema era *conhece-te a ti mesmo*.

Dizem que até hoje, a cada cem anos, novas pessoas são iniciadas na Montanha das Dezoito Virtudes, como foram os jovens deste relato, que viveram no segundo milênio da nossa era.

Existe uma lenda que afirma que todos aqueles que alcançam o topo da Montanha das Dezoito Virtudes ou da Evolução Interior tornam-se imortais e ajudam outros seres a se elevarem em direção às estrelas.

Este livro foi impresso, em segunda edição, em setembro de 2022,
em couché 115 g/m², com capa em cartão 250 g/m².